ソースはロールシャッハ風

佐藤伴子歌集

＊目次

壱

弐

四

歌集　ソースはロールシャッハ風

壱

銀系の秋

磨りガラスの窓に貼りつくヤママユガ翅の偽の眼じつと見てゐる

銀系の秋は聴こえるとほき線路・白き木犀・Ｔ－ｆａｌの湯

細き竹の耳飾り鳴るその音も臼杵の人の刃に刻まれし

たのしさうに同じ話を繰り返す母　話の中身はなかなか確か

ちるりんとドライフードの皿鳴らしならんで食べる猫のゆふぐれ

美少年

ひつじ雲大群なしてしづまれりひつじのほかは見えぬ空なり

萩も白さるすべりも白　白餡のまんぢゅうを食む指に秋来ぬ

オガちゃんの実家の銘酒「美少年」今なくなりて寂しかりけり

「美少年」呑めば島原おもへりと姜尚中も惜しみて書けり

玉の緒さん、わたしの魂魄この欲望いつたいどんな死に向かふのか

夕寝して寂しき部屋で幻のものを喰ひけりあの世なりしか

お母さんのしごと

吾子書きし〈お母さんのしごと　おてまぎをかく、おちやをいれる〉ほかにもあるでしよ

銘菓ひよこ子に泣かれけり幼には顔食むことの悲しかるらし

「うんちさーん、さやうなら、また来てねー」と水洗に手を振る幼　大丈夫か

傘深めスキップもせず歌はずにふつうに歩く幼ならねば

仔猫

勇ましきふぐりをつけて手のひらに　仔猫アルちゃん我が家に来たる

棒鮨のごとく寝て返事もしっぽで雨の日の鯖猫アルはアンニュイ

待合室に飼はるる犬と飼ひ主は顔も劇似　誰も笑はず

岩合さんの「犬展」を見て写真集「猫集」を買ふ猫飼ひのわれ

今日のアル野茂に似てゐるトルネードのポーズで廊下に倒れ寝てゐる

兄・私・妹

はらからと生まれてわれら三人で兄の病室に一度語りし

鉄の邦子といはれし妹話しつつピンクが好きとつゆしらざりき

兄を見舞ひし病院帰りに妹とお参りをした根津の権現

入退院繰り返す兄のゴルフ好き見慣れぬセットがまた！増えてゐる

お兄ちゃんゴルフのどこが好き？「ホールアウトまでボールは自分だけのものだから」

バスケット部でさんざんボール取られたり取つたりしたと笑つて言つた

部活時代の友と〈コース〉の約束あれば練習場《うちつぱなし》で熱心に打つ

夕暮れて練習場に行つたまま兄は帰らぬ人となりたり

くも膜下出血、脳死と言はれ二十日あまりをＩＣＵで耐へて鼓動す

病弱に兄を産んだと己が身を責めたりし母は涙も亡くし

つくづくと釘隠しのごと青き蛾はしづかにゐたり　兄は死にゆく

梅川

陸海に棲むものあまねく喰はれをり生命の樹の已むこともなく

莢の豆枯らしてしまひ〈種〉となる　来年のツタンカーメン豆ごはん

ソルダムの酸つぱいソルべに前歯沁み前にもあつたかういふ失意

外出にたづさふる歌集をどれにせん　紙の重さと歌の重さを

久々に「恋飛脚」みて梅川の親御は数珠屋町とぞ知りぬ

広島　ＡＢＣＣ

※ABCC = Atmic Bomb Casualty Commissionの略。原子爆弾による傷害の実態を詳細に調査記録するために、広島への原爆投下直後にアメリカ合衆国が設置した民間団体。原爆傷害調査委員会。

ヒロシマの新生児われ母と離されてＡＢＣＣ比治山に行きし

一室でわれ何をされにき痛かりしや恐ろしかるや誰も知らない

絶対おまへ何か埋め込まれたと兄言へり　怯えしこともわれは覚えず

広島の繁華街めざましき一九五五年　ケロイド重き人の往来

見んのよ見んのと母真剣のとき大分弁われの手を引きゆく〈本通り〉

塵のごと焼かれし人は塵にあらず石にもあらず人恋はん人

小母さんは大きなお店《たな》の帯屋の娘《こ》ピカ一瞬に天涯ひとり

戦争ごっこ

丸腰の小さき児たたかれ談判すれば六年大将「それが戦争ゆふもんや」

夢に来て水欲る白きわが犬に水飲ませけり芋の朝つゆ

美しき十代

春休み神保君とピクニック何も語らぬ花見でありし

「なのよ」「なわけ」と男子ら猛《たけ》ぶ生徒会室一九六九年あぢさゐのころ

ニーチェなど言ふやつがゐて生徒会室小さき窓からヒマラヤの杉

あり、をり、はべり、とか暗記しながらほんたうは君のことだけ考へてゐた

どらやき・きんつば・バナナ、豆かんも喰つてやる　君に振られて

川瀬一馬先生

梅若六郎を観に水道橋へ　眠るもよしといふ先生と

「筒井筒」これが幽玄かと思ひほんたうにねる眠い十代

雪の華

ひだ堅くタータンチェックのスカートの熱き子女らの脚はケラケラ

髪かざり小雪にゆれて振袖の撫で肩ならず年初たのもし

若きらの白き額に雪の華出陣などはあつてはならじ

いつまでも家にゐし息子きさらぎの大降りの日に引つ越しゆけり

直線距離一キロ足らずに引つ越した息子をおもふ米量るとき

銀河系の青き小石の記憶にて中央公園に咲くヒヤシンス

木佐貫投手

やはらかき葉にすずらんの匂ふ夕べ〈オリックス戦〉客の少なし

オリックス・バファローズの木佐貫を応援す木佐貫はわが実家の苗字

母の皮膚がんの主治医は波乗り焼けをして「木佐貫投手は親戚ですか？」

すずらん咲く五月木佐貫登板もオリックス軍は負けて最下位

秋立つ

合歓の花ゆくひとの頬刷きながらなぞなぞかけるけふのこの道

青と金の眼をもつ猫の観自在　網戸を開ける他所で飯くふ

猫二匹は遠巻きにして靴を嗅ぐパイソン皮は生きてゐるのか

秋立つ日有楽町にわれひとりシニア料金「ちひろ」の映画

くねらずにエクスキューズもなきままに素足で秋の汀ゆきたし

防災訓練すくすくと伸びて乙女子は担架に余り麗《うらら》なる靴

銀色のすすきの帯

隣町尾根幹道路銀色のすすきの帯の先に母あり

母とわれ女系といふはかなしくも捻ぢれもありて赤カーネーション

スカーフをあげようと言へば要らないと　人がしてると欲る母猫科

振り向けば介護ホームの三階にハンカチを振る窓の母かな

夕窓に小さき母のシルエットまた来てね行くよとハンカチを振る

いま旅に出る

雲海にピアスのやうな機影なり還暦夫婦今旅に出る

時計捨て心の散歩試みるに十分刻みの欧州ツアー

修道の辛苦の空気重く充つ　モン・サン・ミッシェル遠景がよき

マルクト広場の〈からくり時計〉人形が酒器を呷りぬクックックックと

ヴェルサイユ宮殿に売らるるクリアファイル「薔薇を持つマリー」に首なく

助手席に飼ひ犬らしき黒犬もをりて同乗パリのタクシー

アルプスの天辺の駅の夫の写真寂しげなるをわれは寂しむ

裸足

あさきゆめに靴失ひて裸足にて尋ね歩けり〈灰色のフェラガモ〉

早寝でも夜更かししてもしんしんと死には近づくフィルムノワール

黒き石の猫神バステトやはらかに前脚そろへ呼べば来るがに

日本ハム負けても木佐貫を応援す　自力優勝なくなり葉月

少しづつ荷物運びて引つ越しの吾子にしづけく乙女のゐたり

川の辺の蟬の並木のアパートを吾子住まひとし乙女めとりぬ

夏の岸

枇杷、葡萄、オリーブ青き者たちが雲居に並び帽を振る夏

夏の岸に原爆ドームと平和の手ならんでひかるこの秋津洲

虹の橋なんかあるものかバカと従兄言へりさういふことい ふ人ははじめて

戦争を知らず残暑を泳ぎゐたり荒き砂ある広島の海

八月の暦に母の書き込みし「伴子来ず」「けふも来ずなり」「健康祈る」

おとなへばひさしぶりだねえと母は言ふ　待つといふこと即ち永し

気がつかず戦となりし世のありしこと母言ひ言ひて今気づけとて

なるべく今年中に行きたし、と母が言ふ　何処へと言へばあの世よなどと

猫の歌でもいいから出せと言ひくれし日比野さんに傘さしかけし夏

ソースはロールシャッハ風

ルッコラとローストビーフに白チーズ　ソースはロールシャッハ風なり

噛み合はぬ会話も愉しレストラン脂ののつた冬の鴨くる

沼田汁食べて城址の青銀杏テニスコートの山形《やまなり》の音

足裏に土あたたかく初冬の菫は踏まれなほ彩のあり

歌友五人女の旅は上機嫌酔つぱらつても歌会はする

弐

何をする人

髪黒き首相は何をする人ぞ　想像力を持ちてをらむや

戦争は死ぬほどお腹が空いて怖かつた大正十四年生まれの母の遺言

細胞を造らんほどに戦争をなくす努力をするかわれらは

死ねるかと訊かれ街ゆく少年は「死ねと言ふ国滅びてもよい」

夕されば

2002年、父は病院で他界した

父の入院四つの病院四つ目は芙蓉病院〈終身病棟〉

転院は父と二人で揺られゆくストレッチャーごと介護タクシー

夕されば悲しかりけり病室に白き紐来て父を縛れり

病室のテレビ見ながら辰徳と貴乃花だけ見分けたる父

何といふことにあらねどすずらんの白き花束父に贈りし

兄が見舞ふと「おお一郎《いつちやん》」とわれよりも誰が行くよりも喜んだ父

緑蔭に父の柴笛聴こえんかベッドに固定されゐし父の

柴笛は椎・樫などの若葉を唇に当てて強く息を吹き、笛のように吹き鳴らす。

父に似ずと思へどサクマのドロップスわれもガリガリ嚙むは似てゐる

漱石を好まず良寛嫌ひなりラフカディオ・ハーンやヘッセ読む父

父言へり「砲兵の俺は駿馬なる泉神を捨てて命を拾つた」

いつまでも「ともちゃん」と呼ばれそれだけで父との絆胸に灯れり

母・妹・私

同居せる兄のゆきたり五十八　母は即決先づはわが家に

伴ちゃん方も邦ちゃん処も同居には無理が生ずるからときつぱり

見つけたる介護施設は新設ですぐに入居可　こころあらなく

施設まで電車で二駅わが家から近しと思ふもだんだん遠し

梅干しの蓋が開かぬと電話あり　母の好みのパン買ひにゆく

妹と分担したき訪問を母はカウント別だと言ひぬ

ママと話すとき正面避けなね吸はれるからと鉄の妹さへも言ふなり

パンぢやない愛とふものを携へぬ娘をすぐに見抜く母なり

葬式はせずにマーラー聴かせてと言ひ置く母の思ひはブレず

タートルを着るとき思ふ「雪の降る町を」高英男でなきやと母言ひしこと

ネヂが一本

サンスクリーン塗り過ぎた首乱反射させて君を待つ青葉のカフェー

新しき白きレースのレギンスを膝包帯かと夫の言ひけり

ネギが一本足りないやうな人ですと夫は言ひをりわれのことらし

幼稚園に行かず遊んだ共通の弱みのありて夫とわれなり

せつなかり

実桜の散り敷く道辺屍なる小ねずみ両手をくみたるやうに

入浴して母の夕方痩せた肩洗ひ晒した水色のシャツ

入り日影ホタルブクロと白猫はむらさきに透けともに暮れたり

くらき門灯春猫けふは隠れずに深緑分けて塀の上をゆく

いつしらに息子は大人歯列矯正もとれてわれには敬語も使ふ

よく母は「こんなママでもママがいいの？」と笑ひながらに子らに言ひたり

長男は「あなたの子であることこそが意味」とこんなわたしに

みんな寂しい

肝・肺・胃・腸〈カノプス壺〉に分けられて壺を象る狒狒・犬・隼

脳《なづき》なくミイラとなりて黄泉をゆくエジプト王の魂迷はぬか

わが贈りしセーターのタグに年月日「ありがたう伴子」と書くやうな母

着るものは軽きに限ると母言ひて戻されしものわれが着てをり

鉢割れの白靴下の一匹の猫が友らし　孤独か息子

不二

大根と蕪を肥らせ金盞花も同じ畝なり麓の畑

五人旅晩菊かをる出口池まだやはらかき落ち葉ふみゆく

旅の雲見えざりし不二　切るたびに不二露はるる羊羹食ぶ

大歳

喪のはがき繰りては母のリフレーン「死は哀しくもこの身に羨《とも》し」

夕さればホームの母を残し来るわが額濡らす見えぬ雨粒

クレソンは冷蔵庫の冬に紅葉し　小さな照葉を肉皿に添ふ

プランターに霜柱してゼラニウム葉も赤きかな郷を恋ふるや

春初に子の生まれ来るチューリップわれを祖母よと呼ばうとする子

大歳や父、叔父、父の従兄弟また父の息子もみな点鬼簿に

藤さかりなり

〈ペンキ塗りたて〉貼り紙むなし肉球の跡がいくつも往復してる

出産の内祝熨斗ちかごろはルビをふるらしルビを頼みぬ

少しづつ似てゐて異なるケチなところ　われら姉妹の春の買ひ物

ファレノプシス夏に枯れかけわが替へし水苔にけふ花ふたつゑむ

人工の小川さらさら行水のカラスは犬が見てゐても平気

みどり子連れて息子訪ね来《く》ふたりして茶の間に寝をり　藤さかりなり

偽の塩

嘗てかき嘗てはよみし母いまは電動ベッドひとり傾く

母の好きな花諸葛菜一本が母のコップに言祝がれつつ

雨上がる境内の杜白きシャツ会ふ人ごとの夏は来にけり

何の日といふことなしに亡き友の娘鮎子さんに送る夏菓子

死ぬ目途から二十年もオーバーと言ふ母に笹屋のどら焼きを買ふ

炭火かんかん茶釜ぶんぶん怒るやうな母らしき母淡くなりゆく

ユニセフへ振り込み暗き星屑の路にこぼれしわが偽の塩

コスモホールで

ちりめん山椒はいいねほろほろトーストにも金属系の舌痺れ感

樹の幹の黄色の謎の教へ請へばすぐに図を書き解きくれし渡辺さん

猫の名を訊かれて言へず気障すぎるアールグレイとダージリンとは

土用丑の日

鏡のやうなサングラスの男子〈伊勢定〉の暖簾出で来る土用丑の日

川島の帯に織られてインド象いつまで歩く女の胴を

猫は目元と柏木言へりわが猫も成田屋に似ると聞きてもらひ来

昼下がり尾長を真似て鳴く鴉ゴミ収集のケージで遊ぶ

開聞岳と父

砂風呂の砂に埋まつて蒸されつつ黒雲みちて雨に打たるる

兵隊の父は学生時代に見た山を想ひておのれ支へし

夏毎に父帰省せる祖父の家へ赤紙来たり本籍地揖宿《いぶすき》郡

厳格な曾祖母と父との大喧嘩髪が長いと咎められしとて

怖い人と言はれ曾祖母〈木原カキ〉馬に乗りはるか嫁ぎ来たりし

遠きうからら鹿児島頴娃《えい》の出自にて桜島には拘らざる父

父の墓ひし開聞岳に見《まみ》えたりいま初に立つ遠つ祖のさと

釋尼西楽

旅のやどに母の危篤をつたへくる　開聞岳は虚無に美しかり

母の部屋にポケット図鑑「山野草」薩摩野菊にうす紙の栞

「お母さん先祖の墓を見て来たよ」母の脳裏にとどいてゐるか

コカ・コーラを珍しがつたり菊田一夫の「終着駅」も芸術座に観たね

介護ホームに入居のときも死ぬときもわれら姉妹は引き止めもせず

母の死の誰の寂しささらさらと母の寂しさ髪に落ち来る

パジャマのまま食べるフルーツグラノーラああ母はもう釋尼西楽《さいげう》

グノシエンヌ

サティの曲〈グノシエンヌ〉の流れをり歯医者の椅子で聴くのは惜しい

リステリンは健康な歯にこそ効くものと説きつつ歯科医われの歯を抜く

憂鬱卯月

よきといふ三行日記をつけて読む　つまらぬ人であるらしわれは

一日の一番の事一行を書きて打破せん　憂鬱卯月

皐月朔日木蔭に小さき人待てばミッキーマウスのバギー来にけり

短冊を千切りし反故のひかり始む　直侍《なほざむらひ》に降る雪の片

江戸からかみ――浅草稲荷町に唐紙を見に

地本問屋、松屋利兵衛は舗をひらく元禄三年〈討ち入り〉より前

いつも木と紙と心は焼かれ果つ「享保千型」一万枚も

版木は井戸に伊勢型紙は土に埋めわづか残れりからかみ模様

伝来の雲母紙《きららがみ》摺る小判版木黒光りして面のごとあり

わが家に襖なけれど紙はよし　合歓の花柄ぽち袋買ふ

銀杏形の襖の引手好かれども襖なければ眼にとどめおく

青垣の

左巻きまひまひ螺《つぶら》石段に誰もさそはずあと光らせて

顔面に重傷負ひし妹が手鏡を欲るかなしき夕べ

家の戸を開ければ猫の走りくる　爪研がれあり茂吉の歌集

爪研ぎにも顎乗せるにも丁度よき猫の好みの茂吉の歌集

青垣の底抜けて降り土砂崩れ　われも患者となりたる夏なり

病院の予約は混みて先のばし　髪切りすぎた八月さぶし

手を拭きつつ音沙汰のなき子をおもふ　夕暮れの救急車のサイレン

孤独とふ文字に隠れる狐ゐて独身の長男パン買ひて来る

「顔の傷関係ないのダンスだから」と改行をして妹の秋

妹木佐貫邦子はコンテンポラリーダンサーで振り付け師

参

仲秋

チョコレートの空箱の中身忘れゐて開ければ青き野茂の切り抜き

秋の土砂降り同窓会に夫はゆく細きデニムで極めた気らしい

新聞に奈良の素描の木炭画5ミリの猫ゐてこころ沸きたり

マルエツの折り込みを見て買ひしとふ息子がくれし二匹の秋刀魚

ポリープ手術のとき

仲秋の廊下にからだ浮くここちストレッチャー揺る　甘美にも似て

筆とめて紅葉《こうえふ》のすすみを日に三度見下ろしてゐる寂蓮法師

児の額・源氏の白旗・蕪の白いつも手帳の余白におもふ

セラピー犬

定年を迎へて夫はのびのびと無精ひげにて新聞を読む

夫の早起きわれの寝坊に変化なく補色のごとく七曜つづく

代はる代はる二匹の猫が起こしに来る　夫は息子の弁当つくる

猛然と夫は掃除し押し入れのわが行跡は暴かれにけり

駅頭の〈セラピー犬募金〉犬の頭《づ》を撫づれば遠慮がちの〈お手〉の冷え

お互ひの湯たんぽとなり猫とわたし鼠捕るゆめ歌つくるゆめ

上山――雪の旅

桜前線追ひ越して雪の五人旅七癖もよし　なくてはならぬ

記念館の庭の銅像寂しけれ茂吉の髭は暗澹とあり

上山《かみのやま》風やはらかく髭梳くや茂吉茂吉と松もなびくよ

館内に特別提供とて売られ『この父にして』三百円なり

運転手さんは「雪ならいくらでも好きなだけ持ってってって大変なんだ」と

乾杯しよう

ル・コントの鼠形菓子〈スウリー〉は愛らし愛らしといひて食むなり

芍薬のつぼみ二つに性質ありて急ぎ咲く子と用心ぶかき子

傍らに猫ゐる人を信頼す　フレディー・マーキュリー、横尾忠則

後鳥羽院が猫抱くやうに抱いて寝た〈猫石〉遺る隠岐の島かな

ハインラインのSF小説『夏への扉』は数年に一回読む

夏の扉《と》を開けて来たるや烏猫樹の枝にゐて寄れば欠伸す

コードウェイナー・スミスのSF小説『鼠と竜のゲーム』―「人類補完機構Ⅰ」

胸焦げるゆゑ滅多に読まぬ『鼠と竜のゲーム』だけど心は暗記してゐる

アンダーヒルの相方なるは〈レディ・メイ〉般若波羅蜜多　猫兵器なり

読みたれば夜の白むまで〈レディ・メイ〉猫死んだとは書かれをらずも

冷やしたぬき急に食べたく　揚げ玉の生き様に深く感じ入る昼

あぢさゐ青、木犀銀の咲く道ゆく夢ありしことよみがへるゆゑ

寂しきことさへ照ることのある青き星に乾杯しよう長谷の観音

鳴くなうぐひす

これまでは螺子が足らざるわれなれど〈摘出〉の夏何ぞ充ちくる

花の絵はがき数枚カバンに入れていから臓物一つくらゐ何、夏

こころざしは本に挟んで出かけよう　葬式みたいに鳴くなうぐひす

病室の壁紙少し蒼ざめて窓のひかりが紅刷く夕べ

アガパンサスのあふれるほどの庭、朝だ、ナースのポケットのマスコットたち

ブルテリヤ似のカンバーバッチの『シャーロック』好きだよとても毎週
観てる

青いカバ

ラメス二世の墓にも花の見つかりぬ　死の中の青青き睡蓮

エジプトの埋葬品の青いカバ額に描かれた不死の睡蓮

美術館のみやげものなるピンブローチ青いカバ買ひ一緒に帰る

泣きたい日

白はかなしい萩さるすべり彼岸花　平右衛門の刃お軽の懐紙

泣きたい日は西原理恵子の卒母編よむ　涙ちがへど涙はひとつ

荷も持たず息子夜更けに戻り来し　心配尽きぬ秋深むなり

お帰りもただいまもなくあんまんの餡の熱さに言葉は消えて

ギタリスト掌《たなら》でパンッと音止める、憂きことも跳ぶその時が好き

ごんぎつね生きては届かぬおもひなれ　一番人気の物語とふ

梅雨戻り

日本海に唯一美しきリアス海岸　ミヅナギドリは鋭《と》く滑空す

駅までも従いて来たのね紋黄蝶　霊魂ないと言ひ切れぬ朝

あるときは蟷螂となり現れる父カマキリの度の強きメガネ

梅雨戻りマザーパールのやうな空遠雷聴きたくなるやうな空

脳内の混沌のやう裁縫箱　チャコ・刺繡糸・ビジュー・ものさし

運針の下手なわたくし青き糸は〈待ち針〉の珠長く待たせて

血揺るる——父も鹿児島には住んだことがない

大伯父に木佐貫紋次郎とふ山師あり　困つた人でありしとも聞く

西郷を悪くは思はぬ　犬連れの異国の異人のやうに遠かり

とほい所とほい時節のことなれど血揺るる大河「せごどん」末期

黍砂糖いにしへ非道のくるしみもさははさははとキッチンにあり

「歴史の罪を個人が負ふことはないのよ」と佐野さんわれに説きてくれしも

真珠

しあはせのときは散りゆく子とはなれ調停にゆく息子の朝《あした》

真珠のやうな時間《とき》が巻かれて遠ざかる　おもかげも声も言葉も消ゆる

息子のくれし一輪青きカーネーション青の幸せ説く栞つき

狼・猫・静脈・サファイア青きものを集めて夏の空深みゆく

もの食すとき

おそろしき皮・バターの青さ・種のエロス　たぢろぐわれにアボカドは笑み

オークラのシェフ小野正吉にをそはりし〈首無し雲雀〉と食の疚しさ

首無し雲雀は肉の薄切りにひき肉などを包み左右を縛って煮込む料理。首のない雲雀のやうに見える

「人間はもの食すとき罪悪感なくてはならぬ」と聞きてかみしむ

近江牛・小城の羊羹ごく稀に届くと必ず現れる息子

箸は左でもつなと父に諭されしわたしはぎつちよの人に魅かれる

櫓はなくて

桜木の運動場抱く市立図書館子らの通ひし小学校舎

図書館におぢいさん集ふ朝刊も囲碁も廊下もながながし昼

櫓はなくて樹《たちき》を周る盆踊り五丁目団地こども多かり

夕さりの〈オバQ音頭〉の輪の中に吾子らのゆかた小さかりけり

ゆく夏くる夏

ちゆらかあぎ、ぴりかめのこも盆踊りまるごと果実のやうな迎へ火

腕《かひな》白く振る乙女子の藍ゆかた糊かたければ翼のやうに

暮れなづむ櫓にマイクのハウリング　角帯男子の浪人結び

妹の夏亡父とそつくり同じ夏毎夜唐黍、西瓜、枝豆

想像力持つ人間が「存ぜぬ」と言ってはならぬ戦争のこと

うろこ雲を二つに分かつ飛行機雲　五百羅漢と見上げてをりし

さういふ時代――パンプスは痛い

歯列矯正視力矯正アリ恋ナシ　事務員われに〈女子〉の冠

制服支給アリ社内結婚NGの　新橋一ノ一ノ一にお茶を汲む

「熱い」「ぬるい」「もう一杯来客にも」　なぜ悔しいか気づかざる日々

正月は何故かは知らね振袖を着て出勤す　四時半に起き

同業四社の課長の月例麻雀会　景品買ひに行くわれら女子

勤務中に制服のまま買ひ物なんて　日石ビル地下寄り道もせず

女性社員昇進の魁《さきがけ》大木さんは普段も和服電算室に

「パンプスは痛い」「スカートは短い」と大木さん英語ペラペラ草履ぱたぱた

一つの安堵

森深く巨大樹抱ふるお伊勢さん　ああ明るくてくよくよの消ゆ

二人旅〈鳥羽潮路亭〉に海も見ず邦子は話すわれは聴くなり

内宮に参拝した日息子から離婚の調停成るを伝へ来

ほつとしてうなづき合ひて言葉なく奉納菰樽などを眺めき

独り身となりたる息子正月をわれらのもとで屠蘇を干したり

夫とわれに一つの安堵とおもへども冬イルミネーション濡れて光りぬ

四

AIカフェ〈ペッパー・パーラー〉で

オーバーコート出番なきまま天照らす雪降らす神思ひ出だせず

ペッパーは内蔵カメラで察知するわれと妹の年のころは、と

カフェラテを飲み干すころは女性客話に夢中〈ペッパー〉を無視

イヤリング揺らして会話余念なし　両手を腰に黙すペッパー

「ちょっと押し付けがましいのですが」頭を撫でてと口開くなり

ＨＡＬのことヒソヒソ話にしてをれば「気持ちは分かります」とペッパー

覆面文化

マスク生活違和感なくて日本に古くからある覆面文化

危機のとき頭巾の怪傑あらはるる覆面好きのわれらの前に

ふところに手拭ひ一本　粉塵も雪も火の粉も鼻口を覆ふ

顔に息かかるは非礼の習ひあり「面を上げよ」とゆるさるる国

マスクには恨みなきなり〈アベノマスク〉ただ発案の人が好かれず

首のシワ忘れて見上ぐ藤棚の格子をぬける空の青さに

豆皿に人参の首いとしけれ　レースのやうな葉は生《お》ひしげる

坂の上の家

咲き愁ふほたるぶくろの庭の隅　ベビーチェアあり孫のゐた家

空き家のまま措けば朽ちゆく家なるを修繕《なほ》して住まうと息子　われらと

「友達と歌会しなよ」と言ふ息子　われよろこぶを見てゐる夫

梅の実を洗ふ水にも立つ香りあけぼの色を眺めてゐたき

「僕もさう思つてゐたよ」と同居のこと感想戦のやうに息子は

慣れぬ坂に息切れすれど道々に初夏の花あり励まさるるなり

梅雨の晴れ間思ひゐしより家は荒れ別れを経たる風景と思ふ

青いよ空ピーカンだよと夜勤明けの吾子の額は風をふくみて

心の準備

七十を目前にして引つ越しに立ち開《はだ》かるは千の我楽多

あれも要るこれも取つとく　夢の中で試験に出るよと魘されてゐる

「くよくよするな」と唄ふディランのＬＰを〈処分〉の箱に入れられずをり

〈本能寺〉〈オリンピック〉も見ず猛暑〈辞任〉だけ見たコロナ禍のＮＨＫ

Barbie 人形小さきドレスのすずらんの蕾のやうな釦かけやる

Barbie は猫とぶつかり晴れた日の窓辺に倒れ手を差し伸べて

引っ越し

タンポポの更紗の壁紙好みなれど度胸なきゆゑ無地をえらびぬ

種の飛び一寸法師のやうな松鉢に移しぬそのイノセント

〈梅小路〉の機関車館のＳＬの半券出で来　子ら小さかり

扇状車庫にズラリと黒き煙を吐くＣ５７・Ｄ５１

感動は人疲れさす機関車を見学したる夜子は熱出しぬ

青い切符の半券今は捨てがたく手帳に挟む　そんな場合か

梱包の人仕事キッチリ詰めて去りキッチンに残る菜箸ひとつ

坂の町

〈いいちこ〉の瓶の曇りの美しさ「いいってことよ」とにかく生きん

元日に長男はプチ帰省してマスクのままで雑煮食みたり

正月であつて正月ではないやうな　マスクで祈る難物コロナ

坂の町つひに杖つくことになり相棒とせり青き花柄

慣れぬわが足にステッキ絡まりて誰も見てゐなかつたか振りかへる

近衛兵なりし新富町の中村の小父さんは「よくサーベルが絡まつて」

ごみバトル

回収日金曜の朝うちのごみを荒らしたカラス頭いいやつ

ごみ満杯の指定袋を門門にぶら下げて出すシュールな景色

ホバリング出来ぬカラスは突《つつ》かずに見下ろしてゐる空腹ならん

伏目して門掃きをれば痩せカラス合羽からげて庇を離る

元来が鳥恐怖症われ何方道《どっちみち》友になれねどなぜかかなしも

戦争と競馬

競走馬シラユキヒメなる白馬のこと熱く語れる息子の競馬

いつの世も走らせ競はせ産地から駿馬なる馬軍馬としたる

亡き兄も子も馬が好き父もまた死ぬまで悔んだ軍馬〈泉神〉

想像力の欠如ですよねとわれ言ひて怒りを買ひぬ　戦争のこと

「想像で何が分かる」と震ふ声を嚙みしめ聴いた遠き歌会

空襲に顔の無き人歩き来て油塗りやるほかなかつた母は

ウクライナに戦争ありて爆撃の戦場に馬なく人だけが死者

コロナ

緊急事態は「気を付け、休め」と繰り返す　けふ一回目ワクチン打ちぬ

午前三時息子こそこそ釣りに行く夫もコソコソ長靴を貸す

ほとほとと危なつかしい次男坊大熱出せど陰性となる

泡雪羹・sea-form ケーキ・アフロディーテ「うちら泡から生まれた希望」

大学駅にけふオープンのセブンイレブン　高齢者にも夕餉の支へ

セブンイレブン押し寿司弁当などはなくカルボナーラかカルビの二択

爪ほどのアボカドのシール愛《うつく》しくて密かに集む　用途なければど

母をわれ労り来しや「一期に会ひし人皆恩人」と言ひをりし母

なるやうになるからと言ふ母をハグしなかつた手を繋ぎゐて

始発出勤息子の背中小走りに　明けきらぬ道をスマホの明かり

急ぐ帰路あれどガーデンシクラメン戻りてかひぬあまりに深紅

解説

楽しむ心、愛する心

米川千嘉子

佐藤伴子さんとは朝日カルチャーセンター新宿教室で出会った。美しいモノや楽しいコト、そしてユーモアが大好きな人というのが第一印象である。古典や歌舞伎への造詣が深いほか、書を活かしたすてきなコラージュ作品なども作られる。いつも何かに心ときめかせながら、そのことに少しはにかんでいるようにも見える。そんな佐藤さんの雰囲気や横顔をまず伝えるのは次のような作品だろう。

銀系の秋は聴こえるとほき線路・白き木犀・Ｔ－ｆａｌの湯
細き竹の耳飾り鳴るその音も臼杵の人の刃に刻まれし
傘深めスキップもせず歌はずにふつうに歩く幼ならねば
勇ましきふぐりをつけて手のひらに　仔猫アルちゃん我が家に来たる
外出にたづさふる歌集をどれにせん　紙の重さと歌の重さを
どらやき・きんつば・バナナ、豆かんも喰つてやる　君に振られて
これまでは螺子が足らざるわれなれど〈摘出〉の夏何ぞ充ちくる
ルッコラとローストビーフに白チーズ　ソースはロールシャッハ風なり

鏡のやうなサングラスの男子〈伊勢定〉の暖簾出で来る土用丑の日

ル・コントの鼠形菓子〈スウリー〉は愛らし愛らしといひて食むなり

児の額・源氏の白旗・蕪の白いつも手帳の余白におもふ

歌集は厳密な編年体ではないようだが、抄出一首目は歌集の二番目におかれたものので、初期の歌だったたと思う。昔住んでいたなつかしい土地にも続くはるかな線路の音が聴こえ、白い木犀（ギンモクセイ）が咲き、白い電気ポット、Ｔ－ｆａｌの湯気の立つ季節。それを作者は「銀糸の秋」と名付ける。秋についての伝統的なイメージは〈白〉だが、そこに少し洋風のお洒落な感覚や日常を楽しむ感覚が加わってこうした言葉や歌が生まれる。そんな作者の世界の成り立ちを語るような歌として記憶していた。二首目は静かな佳詠で、細い竹の耳飾りというモノへの愛着は、それを造った「臼杵の人」の心やその手技を豊かに味わう心と同じものなのだ。「美しいモノ」が好き、と書いたが、そういうモノが連れてくる物語やその背後にいる人を佐藤さんは愛する。四首目の「仔猫アルちゃん」、五首目の歌集を持ち歩く楽しみ、六首目の学生時代の回想。どの歌にも生き物を愛し日常を愛する佐藤さんの心が溢れている。その心をそのまま表したら幼子のようにスキップしたり歌をうたってしまいそうだ。三首目はそんな自分に用心している歌なのかもしれない。もちろん、家族の死や別れも訪れるし、病床の歌もある。しかし、佐藤さんは苦しいことをつぶさには詠まない。七首目のユーモアは逞しい実感に溢れて心に残る。歌集ではこの歌のあとに「アガパンサスのあふれるほどの庭、朝だ、ナースのポケットのマスコットたち」という歌が見えて、病院の庭のアガパンサスも看護師さんたちが身につける小さなモノたちも、等しく生の輝きそのものとして作者に語りかけているのがわかる。

学生時代のどらやき以来、作者には印象的な食の歌もたくさんある。八首目は歌集のタイトルがとられた歌だが、「ロールシャッハ風」が軽やかでお洒落だ。九首目の「伊勢定」は日本橋の老舗の鰻やさん。そこから出てくる「鏡のやうなサングラスの男子」という今様（たぶん）江戸っ子の風情の鮮やかなこと。十首目は東京広尾の洋菓子店の菓子、その小さな美とユーモアを「愛らし愛らしといひて食」む。

これらの歌の楽しさは作者だけのものだろう。十一首目は「手帳の余白」から「児の額」「源氏の白旗」「蕪の白」というずいぶん性質の違う三つを思い浮かべる。「児の額」だけに感慨をこめて詠むやりかたもあるはずだが、作者は愛するものに向けてこんなふうに遊び心を広げてゆく。イメージ豊かな複数の言葉をさらりと並べるやり方は抄出一首目ほか多くの歌に見えるもので、言葉のコラージュとも言えそうだ。

夕されば悲しかりけり病室に白き紐来て父を縛れり
つくづくと釘隠しのごと青き蛾はしづかにゐたり　兄は死にゆく
「顔の傷関係ないのダンスだから」と改行をして妹の秋
八月の暦に母の書き込みし「伴子来ず」「けふも来ずなり」「健康祈る」
パンぢやない愛とふものを携へぬ娘をすぐに見抜く母なり
炭火かんかん茶釜ぶんぶん怒るやうな母らしき母淡くなりゆく
パジャマのまま食べるフルーツグラノーラああ母はもう釋尼西楽《さいげう》

幼稚園に行かず遊んだ共通の弱みのありて夫とわれなり
孤独とふ文字に隠れる狐ゐて独身の長男パン買ひて来る
青いよ空ピーカンだよと夜勤明けの吾子の額は風をふくみて
春初に子の生まれ来るチューリップわれを祖母よと呼ばうとする子
みどり子連れて息子訪ね来《く》ふたりして茶の間に寝をり　藤さかりなり
泣きたい日は西原理恵子の卒母編よむ　涙ちがへど涙はひとつ

歌集では家族の歌も印象深い。一首目は、最晩年入院した父に譫妄などが出て拘禁されたような場面だろうか。兄の死を見つめているような蛾を「釘隠し」にたとえた二首目も不気味で悲しく、きびしい場面に動く鋭い感覚がある。父亡きのち、母と同居していた兄の急逝によって、母が介護施設に入居、面会にいく場面も多くうたわれている。三首目に登場する妹さんは、日本のコンテンポラリーダンスを牽引する木佐貫邦子さんで、舞台で大けがをした後の三首目のような歌もこの姉妹ならではの呼吸だ。しかし、そんな個性豊かな姉妹が二人束になっても敵わなかったのは母らしい。佐藤伴子さんが教室に来られるようになったのはこの母、歌を詠んでおられた木佐貫富美子さんとの縁によるものだったが、この母上の歌も野暮を嫌いユーモアを愛する独特のセンスがきわだっていた。そんな母に憧れ時には反抗したであろうことも歌集からはうかがわれるが、母の感受性は佐藤さんに確実に流れている。母がいたらできないはずの気儘な朝食を楽しみながら、浄土で母はどんな楽しみを楽しんでいるだろう、と思うのだ。

夫の歌、そして幼い子供たちの回想の歌もユーモラスで楽しいものが多い。いかにも穏やかで恵まれた家庭生活だったことが思われる。成人した息子の歌も飄々とした中に愛情が籠もる。孫の生まれる喜びや息子と孫が来て寝ている様子を詠んだ歌の伸びやかさが魅力的だが、それだけにそうした喜びが歌集後半では翳り始めるのは思いがけなく、その憂いや悲しみが折々に顔を出すことになった。最後の歌の「卒母編」とは、西原理恵子の漫画『毎日かあさん　卒母編』。子供が大きくなって母親を卒業する「卒母」を宣言する作者の子供との日々やバトルが話題になったが、その人気の根底にあるのは「卒母」ののちも子に関わって母に溢れる「涙」への共感だった。「涙ちがへど涙はひとつ」は切なく忘れがたいフレーズであり、「卒母」という言葉のあえての軽さに反応して佐藤さんは悲しみを吐露したのだと思う。

いつも木と紙と心は焼かれ果つ「享保千型」一万枚も
伝来の雲母紙《きららがみ》摺る小判版木黒光りして面のごとあり
白はかなしい萩さるすべり彼岸花　平右衛門の刃お軽の懐紙
マスク生活違和感なくて日本に古くからある覆面文化
顔に息かかるは非礼の習ひあり「面を上げよ」とゆるさるる国

これらの歌は佐藤さんの日本の伝統的なモノや文化への興味を正面から取り上げた作品である。一～三首目は和紙の老舗での歌で、「千型」といわれるほど多くの文様があった江戸からかみについて、大火でその版木も紙も、そこに込められた心ごと焼かれてしまったことを思う。版木について、二首目が「面のごと」というのも面白い。三首目もコラージュ、あるいは物尽くし的な「白」の列挙の歌で、下句では「仮名手本忠臣蔵」、「祇園一力茶屋」の段。お軽と兄平右衛門の一途な思いの象徴のような「刃」と「懐紙」の「白」をあげるのだ。四、五首目も日本の古い習俗を思ってはコロナ禍のマスク生活をうたう。さらりとした批評の味わいがいい。

ヒロシマの新生児われ母と離されてABCC比治山に行きし
絶対おまへ何か埋め込まれたと兄言へり　怯えしこともわれは覚えず
広島の繁華街めざましき一九五五年　ケロイド重き人の往来
見んのよ見んのと母真剣のとき大分弁われの手を引きゆく〈本通り〉
塵のごと焼かれし人は塵にあらず石にもあらず人恋はん人
死ねるかと訊かれ街ゆく少年は「死ねと言ふ国滅びてもよい」
ウクライナに戦争ありて爆撃の戦場に馬なく人だけが死者

佐藤さんの歌にいわゆる社会詠は少ないが、その中で六、七首目のような戦争についての歌が心に残る。その原点にあるのが、「ヒロシマの新生児」であった記憶なのだろう。戦後、広島市比治山山頂に作られた「原爆傷害調査委員会」の施設で検査を受けたことを本人は記憶していない。物心ついてのち、幼い兄の言葉や母の表情の記憶を辿って五首目の怒りや悲しみに到りつくのだ。

先の五首、そしてこれらの歌には、前半であげてきた軽やかなうたいぶりとはひと味違う作者の一面がある。これらのテーマや題材をより意識的に表現してゆくのはとても興味深いことだと思う。そしてまた、日常や世界を生き生きと楽しむ作者が年齢を加えてどんなふうに歌を広げてゆくのか。たくさんの楽しみが読者にもある。

あとがき

校正紙が届いたとき、歌集の題と印刷記号のトンボが刷られているのを見て胸が高鳴りました。紙が「本物よ！」と語りかけていました。

歌は、わたしの還暦（二〇一一年）から古希（二〇二一年）までに作った歌の中から選び、期間を前後する歌も少し加わり三五六首を収めました。第一歌集です。

初めて歌を作ったのは、学生時代の十首の宿題でした。萩・津和野・出雲の研修旅行の旅行詠、この分なら出来そうだと思いましたが、一首つくるのさえ至難でした。それがわたしの歌と締切との格闘の始まりです。授業以外にも歌集や短歌の本を読むきっかけになり、丸谷才一の著書、日本詩人選『後鳥羽院』と出合い後鳥羽院にはまりました。

現代短歌を意識したのは母のすすめです。母は朝日新聞の姉妹紙「アサヒタウンズ」の短歌欄「たうんず短歌」に（二〇〇二年ごろから）投稿しており、「あなたも出しなさい」としきりにすすめてくれました。母はお若い選者の先生を心から尊敬していました。米川千嘉子先生です。後に分かったことですが、かりん支部「武蔵野うた会」の先輩もいつも入選されていました。母とわたしの歌が並んで入選となり、短歌欄にツーショット写真を載せていただいたときはビックリ。嬉しかったです。当時の「アサヒタウンズ」は今も取ってあります。

米川先生が朝日カルチャーの短歌講座を開講されたのを機に、教室に通わせていただくことになりました。それまでとはガラリと変わって本真《ほんま》で和歌・短歌に親しむことができました。授業には実作の時間もあり楽しい勉強でした。今も脈打っています。生徒となって一年程して「歌林の会」に入会させていただきました。

学生時代の部活は「歌舞伎研究会」で、通称カブケン。研究会といっても劇評を書くわけでもなく、他校の「金融研究会」から交流会の申し込みを受けたときは、「金貯めるやつは違うなぁ」とつぶやかれたのを思い出します。〈株式〉と間違われることはよくありましたが「金貯める」のとは真逆の会でした。お金も無いのに芝居に夢中で授業よりもずっと熱心。以後、半世紀を観劇とともに過ぎ、それも儚いことではありましたが、心に染み着いたものもあるのか、時折わたしの歌に潜むのは幸せです。

泡のように消える事の多い来過ぎでしたが、気がつけばえらく年月が流れており、「それで良かったのだ」とはとても言えない自分が立ち尽くしていました。

わたしの夢の歌集、初めて手に取る日はどんなに嬉しいだろう。

収録のＡＢＣＣの歌はいつか誰かに聞いてもらいたく胸中に沈んでいた事柄です。この歌集の初校作業のさなかには広島サミットが開催されており、原爆ドームの映像が幾度も流れました。ＡＢＣＣは一九七五年にはＲＥＲＦ（ラディエイション・エフェクツ・リサーチ・ファウンデーション）と名称変更され、初の日米共同運営として「放射線影響研究所」となりました。その通称「放影研」が、今般二〇二三年度、移転工事に着工し比治山公園を離れて、二〇二五年度には広島大学霞キャンパスに移転が成るとのこと。移転は歌集を編む過程で知りました。どうか平和に向かう移転となるよう祈ります。

馬場あき子先生のどんなときも惜しまず最善を尽くされ前に進まれるお姿にいつも励まされます。

「かりん」の編集人でいらっしゃいます坂井修一様に、感謝申し上げます。歌集を編みながら、毎月の歌とそれを載せていただける「かりん」誌がわたしにとってどれほど有難く大切かということを思いました。

このたび米川千嘉子先生に歌集刊行のご指導を賜り、ありがたく御礼申し上げます。「まっしぐらに！」とのお言葉をこれからも大切にいたします。

かりん支部「武蔵野うた会」の佐野豊子様、歌集上梓のことに、すぐに温かい励ましのお言葉をいただきました。有難うございました。

歌林の会の皆様、役員の皆様、「かりん誌」でお世話になりますこと、また一会員として参加させていただいておりますことに深く感謝申し上げます。

歌の友達、仲間たち、心から有難うございます。

出版をお願い致しました青磁社の皆様、大変お世話になりました。代表の永田淳様からは歌集出版のどんなことでも尋ねてよい、と仰っていただき、親身のご対応に心から感謝申し上げます。装幀の濱崎実幸様、お引き受け下さいまして嬉しゅうございます。楽しみにしております。ありがとうございました。


二人の息子、妹邦子、二匹の猫、ありがとう。

短歌に向かわせてくれたお母さん、ありがとう。
そしていつも「まあまあいいじゃあないの」と言って救ってくれた夫に感謝しています。

二〇二三年六月　紫陽花のいろづくころ

佐藤　伴子

著者略歴

佐藤 伴子（さとう ともこ）

一九五一年　母の実家のある大分県大分市に生まれる
　　　　　六歳まで広島県佐伯郡に、十三歳まで京都府舞鶴市に住む
一九七二年　青山学院女子短期大学国文学科卒業
一九九一年　四月から二〇一一年十二月まで、内科クリニック　受付事務勤務
二〇一〇年　朝日カルチャー新宿教室、米川千嘉子先生の講座に通う
二〇一一年　歌林の会入会

現住所　〒一九二－〇三五二　東京都八王子市大塚二九三－三〇

かりん叢書第四二一篇

歌集　ソースはロールシャッハ風

初版発行日　二〇二三年八月十九日
著　者　佐藤伴子
八王子市大塚二九三－三〇（〒一九二－〇三五二）
定　価　二五〇〇円
発行者　永田　淳
発行所　青磁社
京都市北区上賀茂豊田町四〇－一（〒六〇三－八〇四五）
電話　〇七五－七〇五－二八三八
振替　〇〇九四〇－二－一二四二二四
https://seijisya.com
装　幀　濱崎実幸
印刷・製本　創栄図書印刷

ISBN978-4-86198-568-3 C0092 ¥2500E